27 Mai 1905

Marqué PN

VENTE

Du Samedi 27 Mai 1905

HOTEL DROUOT, SALLE N° [illegible]

A DEUX HEURES

TABLEAUX ANCIENS

DESSINS ET GRAVURES

OBJETS D'ART — MEUBLES

TAPISSERIES

COMMISSAIRE-PRISEUR

Me EUGÈNE BAILLY

2, rue Notre-Dame-des-Victoires

EXPERTS

MM. PAULME & B. LASQUIN FILS

[illegible], rue Chauchat et 12, rue Laffitte

CATALOGUE

DES

TABLEAUX ANCIENS

ET MODERNES

Dessins et Gravures

Par ou d'après : DE BAILLEUR, BESCHEY, BOUCHER, CHAPLIN, A. DURER, FRAGONARD, GOYA, GRIFFIER, R. LEFÈVRE, ROSALBA-CARRIERA, SAINT-AUBIN, C. VERNET, ETC.

Porcelaines, Faïences et Terres cuites anciennes

MÉDAILLONS PAR J.-B. NINI

Bronzes et Objets divers — Tapisseries

APPARTENANT A M. ET Mme D. DE S...

ET PROVENANT EN PARTIE DE LA SUCCESSION DE M. LE BARON DE F...

TABLEAUX ANCIENS

Par ou d'après : LERICHE, MONNOYER, SWEBACH, ETC., ETC.

PORCELAINES ET FAIENCES ANCIENNES

Argenterie, Objets divers

SIÈGES ET MEUBLES ANCIENS

APPARTENANT A Mme K...

TABLEAUX ANCIENS

DE L'ÉCOLE FRANÇAISE DU XVIII SIECLE

DESSINS PAR FRAGONARD, PANNINI, H. ROBERT

Porcelaines, Terre cuite, Email, Bronzes, Objets divers

MEUBLES ANCIENS

APPARTENANT A M. D...

DONT LA VENTE AURA LIEU

HOTEL DROUOT, SALLE N° 6

LE SAMEDI 27 MAI 1905

à 2 heures

COMMISSAIRE-PRISEUR

Mᵉ EUGÈNE BAILLY, 9, rue Notre-Dame-des-Victoires

EXPERTS

MM. MARIUS PAULME & B. LASQUIN FILS

10, rue Chauchat | 12, rue Laffitte

EXPOSITION PUBLIQUE

Le Vendredi 26 Mai 1905, de une heure 1/2 à 6 heures

CONDITIONS DE LA VENTE

Elle sera faite au comptant.

Les acquéreurs paieront *dix pour cent* en sus des prix d'adjudication.

L'exposition mettant le public à même de se rendre compte de l'état et de la nature des objets, il ne sera admis aucune réclamation, une fois l'adjudication prononcée.

Paris. — Imp. de l'Art, E. Moreau et Cie, 41, rue de la Victoire.

DÉSIGNATION

Tableaux & Objets d'Art

APPARTENANT A M. ET Mme D. DE S...

Et provenant en partie de la succession de M. le baron de P...

TABLEAUX ANCIENS

DESSINS, GRAVURES

BAILLEUR

CORNEILLE DE

1 — *Intérieur flamand orné de tableaux et objets d'art.*

Haut., [illegible] cent.; larg., 86 cent.

BESCHEY

2 — *La Tentation de Saint-Antoine.*

Bois signé.
Cadre en bois sculpté Louis XVI.

Haut., 26 cent.; larg., 19 cent.

BOUCHER

(J.)

3 — *Jeune Femme assise.*

Dessin à la sanguine, signé.

CHAPLIN

4 — *Le Bain de pied.*

Toile. Haut., 15 cent.; larg., 11 cent.

DURER

(ALBERT)

5 — *La Mélancolie.*

Eau-forte.

ERPIKUM

6 — *Jeune Femme endormie.*

Toile ovale. Haut., 59 cent.; larg., 48 cent.

FRAGONARD

(D'après H.)

7 — *On ne s'avise jamais de tout. — Joconde.* Scène du lit.

Deux petites gravures in-4, par Patas et Lingée, de la suite des illustrations des Contes de La Fontaine, Édition Didot, 1795. Les épreuves sont avant les numéros et imprimées en couleurs à la poupée, avec marges. Excessivement rares.

F. GOYA

Phototypie Berthaud, Paris

N° 8

GOYA Y LUCIENTES

(FRANCESCO)

8 — *Portrait présumé de la duchesse d'Albe.*

« A demi-couchée sur une chaise longue, elle a laissé glisser près d'elle sa guitare, qui vibre encore. Une rêverie voluptueuse met de la langueur dans les soleils noirs de ses yeux; une basquine étroite, brodée aux manches, d'un bleu clair, se colle à des formes élégantes et nerveuses, qu'elle dessine comme le ferait une draperie mouillée. Ses pieds, qui justifient la chanson espagnole : *Si la jambe est une réalité, le pied est une illusion*, dépassent la robe, enfermés dans de petits souliers de satin blanc, à cannetelles d'or. Pour cette *guitarera*, si purement espagnole, qui n'est peut-être qu'un portrait de grande dame travestie, Goya a réservé toutes les chatteries de son pinceau, ordinairement d'une brusquerie violente. » Théophile Gautier.

77.000 — Durand Ruel

Superbe portrait de la meilleure époque et de la belle qualité du maître.

Signé et daté en toutes lettres : *1799*.

Toile. Haut., 1 m. 64 cent.; larg., 1 m. 15 cent.

(*Collection Oudry*, 1869) f 3500 —

(*Collection Edwards*, 1870) f 10 500 —

GRIFFIER

9 — *Paysage d'hiver animé de figures.*

Cuivre.

GRIFFIER

(DEUX PENDANTS)

10 — *Paysage, bord de rivière, animé de nombreuses figures.*

Cuivre. Haut., 20 cent.; larg., 25 cent.

— *Paysage montagneux, rivière, ruines et figures.*

Cuivre. Haut., 20 cent.; larg., 25 cent.

HILLEMONT

11 — *Intérieur d'alchimiste.*

Toile. Haut., 42 cent.; larg., 55 cent.

LACROIX

(Attribué à)

12 — *Marine.*

Toile. Haut., 27 cent.; larg., 36 cent.

Robert LEFÈVRE

N° 13

LEFEVRE

(ROBERT)

13 — *Portrait de Napoléon Ier.*

6000 —
Dubard

Il est représenté de grandeur naturelle à mi-corps dans sa tenue et pose préférées : en général, veste bleue et rouge, gilet et culotte blanche, le cordon de la Légion d'honneur en sautoir, la main droite posée dans son gilet, son chapeau sous son bras gauche.

Beau portrait.

Signé et daté : *181[illegible].*

Toile.

MIERIS

14 — *Bouquet de fleurs dans un vase.*

Cuivre.

RAPHAEL

(D'après)

15 — *La Vierge au coussin vert.*

Bois. Haut., 67 cent.; larg., 54 cent.

DE LA ROCHE

16 — *Jeune Femme écrivant.*

Bois. Haut., 38 cent.; larg., 27 cent.

SAINT-AUBIN

(D'après AUGUSTIN DE)

1050 — Gosselin

17 — *Le Bal paré. — Le Concert.*

Deux gravures, par Duclos, faisant pendants en belles et anciennes épreuves à toutes marges.

Rares en cet état.

VERNET

(D'après CARLE)

310 — Roblin

18 — *Napoléon et son état-major.*

Gravure en couleur, par Levachez.

Cadre Louis XVI en bois sculpté.

ROSALBA-CARRIERA

N° 10

Phototypie Berthaud, Paris

ROSALBA-CARRIERA

19 — *Portrait de Jeune Femme.*

25.000 — Baudri

En buste de trois quarts à gauche, la figure presque de face, la poitrine découverte et la chevelure ornée de fleurs et d'un ruban bleu.

Beau pastel d'une conservation parfaite.

Haut., 53 cent.; larg., 34 cent.

ÉCOLE FLAMANDE

(XVIIe siècle)

20 — *Deux figures mythologiques dans un paysage.*

Cadre ancien en bois sculpté.

Cuivre. Haut., 13 cent.; larg., 10 cent.

ÉCOLE FRANÇAISE

(XVIIe siècle)

21 — *La Tentation.*

Cadre ancien en bois sculpté doré.

Toile. Haut., 58 cent.; larg., 72 cent.

ÉCOLE FRANÇAISE

(XVIIe siècle)

22 — *Portrait présumé d'Anne d'Autriche.*

Cuivre. Haut., 36 cent.; larg., 21 cent.

ÉCOLE FRANÇAISE

(XVIIIe siècle)

23 — *Omnia vincit amor. (Sujet allégorique.)*

Toile. Haut., 1 m. 60 cent.; larg., 85 cent.

ÉCOLE FRANÇAISE

(XVIIIe siècle)

24 — *Portrait de Femme coiffée d'un turban.*

Toile. Haut., 57 cent. ; larg., [illegible] cent.

ÉCOLE MODERNE

25 — *Portrait présumé de l'Impératrice Eugénie.*

Pastel. Haut., 72 cent. ; larg., 58 cent.

PORCELAINES, BISCUITS
TERRES CUITES, SCULPTURES, BRONZES
TAPISSERIES

26 — Cache-pot en ancienne porcelaine de Chine de la famille verte, à décor de fleurs et oiseaux en rouge, bleu, vert et or sur fond blanc, les anses formées de masques de Chinois, avec anneaux en bronze. Socles de forme carrée à coins coupés et cintrés, avec couronne de feuilles de lauriers en bronze ciselé doré. Epoque Louis XVI.

27 — Deux très petites potiches en ancienne porcelaine de Chine, décorées de lambrequins et fleurs bleues sur fond blanc.

28 — Petite potiche, avec couvercle, en ancienne porcelaine de Chine, décorée de lambrequins et fleurs en bleu sur fond blanc.

29 — Grande potiche en ancienne porcelaine de Chine, avec son couvercle. Décor bleu sur fond blanc.

30 — Service à thé, composé d'une théière, deux flacons, onze tasses, dix soucoupes et six couvercles, en ancienne porcelaine de Chine, à décor de fleurs en or sur fond noir, l'intérieur des tasses et le revers des soucoupes et couvercles à décor rouge et vert sur fond blanc.

31 — Pot, avec son couvercle, en ancienne porcelaine de Chine. Décor bleu et blanc.

32 — Pot en ancienne porcelaine du Japon, à décor de branchages fleuris, rouge et bleu, sur fond blanc. Base en bronze ciselé doré, à godrons.

33 — Aiguière et son bassin en ancienne porcelaine de Paris, fond vert, décorée de guirlandes de feuillages enrubannés et petits pois en or, sur fond blanc. Epoque Louis XVI.

34 — Deux statuettes en biscuit : Mars et Apollon. Signées *Eneret*.

35 — Groupe en biscuit de deux amours foulant de leurs pieds le raisin dont est remplie une cuve. Signé *Eneret*.

36 — Groupe en biscuit : Amour sur un lion. Signé *Eneret*.

37 — Deux statuettes en biscuit : Jeunes femmes tenant des cornes d'abondances remplies de fruits et fleurs, socles ronds à guirlandes. Epoque Louis XVI.

38 — Statuette en ancien biscuit : Jeune femme tenant une coupe et une aiguière.

39 — Quatre médaillons ronds en biscuit, représentant les Quatre Saisons avec figures allégoriques. Epoque Empire. Signés *Eneret*.

40 — Deux petits bas-reliefs rectangulaires en biscuit, représentant la Vendange et la Cueillette des pommes. Epoque Empire. Signés *Eneret*.

41 — Médaillon ancien en terre cuite, par Nini : Portrait de Suzanne Jarente de la Reynière (1760).

42 — Médaillon ancien en terre cuite, par Nini : Portrait de la Marquise de Bouffry.

43 — Médaillon ancien en terre cuite, par Nini : Portrait de Charles-Juste, prince de Beauveau (1770).

44 — Deux médaillons anciens en terre cuite, par Nini : bustes de Franklin.

45 — Moule ancien en terre cuite, par Nini, du portrait de Thérèse-Jacques Leray de Chaumont. Daté : *1774*.

46 — Moule ancien en terre cuite, par Nini, du portrait de Thérèse-Elisabeth Leray de Chaumont.

47 — Petit buste de Marie-Antoinette en marbre blanc.

48 — Très petit buste de femme en ivoire sculpté, sur pied en marbre de couleur. Epoque Louis XVI.

49 — Médaillon en biscuit : buste d'enfant. Signé, daté : *J. Peyre, 1865*.

50 — Paire de bras appliques à deux lumières, modèles à vase avec flammes et draperies, guirlandes et feuilles d'acanthe en bronze, finement ciselé doré. Époque Louis XVI.

51 — Paire de grands chenets, du temps de Louis XVI, en bronze: modèle à balustres, rosaces, pieds cannelés et pommes.

52 — Paire de chenets, du temps de Louis XIII, en cuivre poli.

52 *bis* — Table en marqueterie de cuivre et écaille à quatre pieds, supportant une pendule à musique de même travail.

53 — Tapisserie des Flandres du XVIIe siècle, à sujet à personnages, figurant une scène relative au mariage de Louis XII et d'Anne de Bretagne. Bordure à fleurs et feuillages.

Haut., 2 m. 20 cent.; larg., 3 m. 70 cent.

54 — Autre tapisserie de la même suite.

Haut., 2 m. 20 cent.; larg., 2 m. 70 cent.

Tableaux

OBJETS D'ART & MEUBLES ANCIENS

Appartenant à Mademoiselle K...

TABLEAUX

LERICHE

55 — *Bouquet de fleurs.*

Toile. Haut., 38 cent.; larg., 32 cent.

MONNOYER

(BAPTISTE)

56 — *Bouquet de fleurs.*

Toile. Haut., 65 cent.; larg., 50 cent.

SWEBACH

57 — *Chasse à courre.*

Toile. Haut., 24 cent.; larg., 30 cent.

ÉCOLE FRANÇAISE

(XVIIe siècle)

(DEUX PENDANTS)

230.— 58 — *Chiens et perroquet. — Poules et paon.*

Toiles. Haut., 33 cent.; larg., 42 cent.

ÉCOLE FRANÇAISE

(XVIIIe siècle)

175 — 59 — *Le Bac.*

Toile. Haut., [illegible] cent.; larg., [illegible] cent.

ÉCOLE FRANÇAISE

(XVIIIe siècle)

211 — 60 — *Singe et fleurs.*

Cadre en bois sculpté.

Toile. Haut., 18 cent.; larg., [illegible] cent.

ÉCOLE MODERNE

61 — *Paysage avec rivière et pêcheur.*

Bois. Haut., 32 cent.; larg., [illegible] cent.

FAIENCES, PORCELAINES

ARGENTERIE, OBJETS DIVERS

62 — Deux soupières semblables, à anses, avec leur couvercle, ornées de branches de poiriers et néfliers en relief, décor de fleurs. Faïence de Marseille. Époque Louis XV.

63 — Petite statuette de joueur de vielle en faïence anglaise.

64 — Quatre pots à crème, avec couvercle, en porcelaine de Paris, à décor de fleurettes bleues.

65 — Partie de service en ancienne porcelaine de Chantilly, décorée de fleurettes bleues.

66 — Coupe, en forme de feuille, en ancienne porcelaine de Saxe, à décor de fleurs.

67 — Coupe, formée d'une assiette creuse, en ancienne porcelaine de Saxe, décor d'oiseaux et d'insectes, avec monture à trépied en bronze ciselé et doré.

68 — Deux petits plats ronds et deux assiettes en ancienne porcelaine de Saxe, décor de fleurs et bouquets de fleurs; marli à vannerie.

69 — Petit plateau, de forme contournée, en ancienne porcelaine allemande, à décor de fleurs et filet d'or.

70 — Petite statuette de joueur de cornemuse en ancienne porcelaine de Saxe.

71 — Deux tasses, avec leur soucoupe, en ancienne porcelaine de Saxe, décorées de paysages et personnages, et vue de ville d'Italie, d'après *J. Vernet*, avec encadrement à motifs, feuillages et fleurs.

72 — Petit vase, de forme balustre, avec couvercle, en ancienne porcelaine allemande, à décor de fleurs et rehaut d'or.

73 — Petit coq, les plumes hérissées, en porcelaine allemande, décor naturel.

74 — Petit lion en ancienne porcelaine blanche, formant porte-cure-dent.

75 — Paire de potiches, avec leur couvercle, en ancienne porcelaine de Chine, fond capucin, avec réserves en forme de feuilles, décorées de fleurs et insectes sur fond blanc. Monture en bronze ciselé et doré.

76 — Paire de bols en ancienne porcelaine de Chine, de la famille rose.

77 — Petite tasse, avec son couvercle, en ancienne porcelaine mince de Chine, décor de paysage et personnages, rehaussé d'or.

78 — Aiguière et son bassin, en forme de coquille, en ancienne porcelaine du Japon, décor polychrome.

79 — Petit vase, à bord évasé, en céladon craquelé de Chine.

80 — Deux tasses, de forme hexagonale, avec leur couvercle et soucoupe, en ancienne porcelaine de Chine, à décor polychrome, à fleurs et insectes.

81 — Tasse et sa soucoupe en ancienne porcelaine du Japon, à décor bleu et rouge, sur fond blanc.

82 — Grand plat en ancienne porcelaine du Japon, décor bleu.

83 — Paire de potiches, avec couvercle, en ancienne porcelaine du Japon, décor polychrome : monture en bronze doré, de style Louis XV.

84 — Petit huilier en argent ciselé, décoré de feuilles d'acanthe, avec ses burettes en cristal, bouchons en argent. Époque Louis XV.

85 — Moutardier en argent, à guirlandes de feuilles et grappes de raisins ; verre bleu. Époque Louis XV.

86 — Petit verre à liqueur, avec anse en argent, de l'époque Louis XV.

87 — Quatre cuillères à sorbet en argent.

88 — Quatre salières en argent ciselé, à trépied et guirlandes de chêne, verre bleu. Époque Louis XV

89 — Quatre coquetiers en argent ciselé, de style Louis XV, à trépied de biches et guirlandes de roses ; verre bleu.

90 — Sucrier en argent, de l'époque Louis XVI, de forme ovale, avec anses ; il repose sur quatre pieds à griffes, reliés ensemble par des guirlandes de roses, avec médaillons ; couvercle à godrons, avec bouton formé de fraises avec feuillages ; verre bleu.

91 — Réchaud, avec sa lampe, en argent ajouré, avec pieds et poignée en bois noir. Époque Louis XV.

92 — Verseuse en argent ciselé, décorée de coquilles ; manche en bois noir. Époque Louis XV.

93 — Grand verre à pied et couvercle en cristal taillé et gravé de Bohême.

94 — Petite statuette de sorcier en ivoire sculpté japonais.

95 — Statuette d'un enfant de pêcheur en terre cuite de Graillon de Dieppe.

96 — Groupe en bronze du Japon : Éléphant monté par un joueur de flûte.

97 — Encrier, formé d'un chien de Fô, en bronze du Japon.

98 — Clochette en bronze du Japon.

99 — Deux colonnes-supports en marbre de couleur, orné de bronzes ciselés dorés.

100 — Glace, avec cadre en bois sculpté doré Louis XV, feuillages et fleurs.

Haut., 1 m. 55 cent.

101 — Glace, avec cadre en bois sculpté doré Louis XV, feuillages, fleurs et rocailles.

Haut., 1 m. 75 cent.

102 — Autre glace, avec cadre en bois sculpté doré Louis XV, feuilles de vignes et grappes de raisins.

Haut., 1 m. 90 cent.

103 — Petite glace, avec cadre en bois sculpté doré, à feuillages, fleurs et fruits, avec appliques à deux lumières en bronze ciselé doré. Époque Louis XV.

104 — Autre glace, avec cadre en bois sculpté doré, à feuillages et rocailles. Époque Louis XV.

MEUBLES ET SIÈGES ANCIENS

105 — Beau secrétaire en marqueterie de bois de couleurs, à fleurs sur la face et les côtés; ouvrant à un tiroir et abattant à la partie supérieure, et de deux portes à la partie inférieure. Entrées de serrures et sabots en bronze ciselé

N° 105

N° 106

doré, et dessus de marbre brèche d'Alep. Époque Louis XV.

Haut., 1 m. 25 cent.; larg., 62 cent.; prof., 35 cent.

106 — Commode, de forme contournée, en marqueterie de bois de couleurs, offrant des bouquets de fleurs sur la face et les côtés : elle ouvre à deux tiroirs et est richement ornée de bronzes ciselés dorés, tels que : encadrements, poignées, chutes, sabots et entrées de serrures ; dessus de marbre gris. Époque Louis XV.

Haut., 84 cent.; larg., 80 cent.; prof., 45 cent.

107 — Commode en marqueterie de bois de couleurs à damiers ; ouvrant à deux tiroirs, et à pieds cambrés. Elle porte l'estampille de *Dubois*, maître ébéniste, et est ornée de bronzes ciselés et dorés. Époque Louis XVI. Dessus de marbre blanc.

Haut., 88 cent.; larg., 1 m. 15 cent.; prof., 56 cent.

108 — Petite table-bureau, à quatre pieds cambrés, en marqueterie de bois de couleur, à fleurs sur la face, les côtés et le dessus ; ouvrant à une tablette et deux tiroirs sur le devant, et un tiroir sur le côté. Entrées de serrures et sabots en bronze ciselé et doré. Époque Louis XV.

109 — Chiffonnier en marqueterie de bois de rose, violette et amaranthe, ouvrant à sept tiroirs ; dessus de marbre gris. Époque Louis XVI.

Haut., 1 m. 53 cent.; larg., 76 cent.

110 — Table-bureau en marqueterie de bois de violette, à quatre pieds cambrés, et ouvrant à un tiroir sur le côté. Elle est ornée d'une ceinture

de cuivre, de chutes et sabots en bronze ciselé doré; dessus de cuir. Époque Louis XV.

111 — Guéridon Louis XVI en acajou, avec deux tablettes d'entre-jambes cannées.

112 — Table poudreuse en bois de violette, de forme contournée, à quatre pieds cambrés, ouvrant sur le devant à une tablette et cinq tiroirs. Époque Louis XV.

113 — Deux jardinières, de forme carrée, à pans coupés et à base élargie, en marqueterie de bois de couleurs, à fleurs. Travail hollandais de l'époque Louis XV.

114 — Jardinière avec couvercle, de forme cylindrique, la base renflée de découpée reposant sur quatre pieds en forme de griffes, en marqueterie de bois de couleur, à fleurs. Travail hollandais du temps de Louis XV.

115 — Jardinière en bois sculpté, de l'époque Louis XV.

116 — Meuble-crédence en noyer sculpté, XVIe siècle.

117 — Marquise, du temps de Louis XVI, en bois sculpté doré, recouvert de soie brochée à rayures.

118 — Bergère, du temps de Louis Louis XV, en bois sculpté doré, recouvert de soie brodée à rayures.

119 — Fauteuil, du temps de Louis XV, en bois sculpté doré, recouvert d'étoffe jaune brodée.

Phototypie Berthaud

École française du XVIIIe Siècle

N° 120

f 4100.—

Tableaux, Dessins

OBJETS D'ART, BRONZES, MEUBLES

Appartenant à M. D...

TABLEAUX

ET DESSINS ANCIENS

ÉCOLE FRANÇAISE

XVIIIe siècle

120 — *La Visite au sculpteur.*

Dans l'intérieur d'un atelier de sculpteur, une dame de qualité en toilette de ville est assise; elle vient d'examiner un buste de femme en marbre que l'artiste a posé sur une selle, et semble converser avec un gentilhomme debout auprès d'elle. Des plâtres et accessoires se voient sur les murs nus de l'atelier.

Charmant tableau rappelant les compositions de Moreau le jeune, pour le *Monument du costume.*

Haut., [illegible] cent.; larg., 24 cent.

ÉCOLE FRANÇAISE

(XVIIIe siècle)

121 — *Portrait de Jeune Femme.*

En corsage bleu à fleurs, un éventail à la main, ruban rose autour du cou et fleurs dans la chevelure.

Pastel. Haut., 45 cent.; larg., 37 cent.

FRAGONARD

122 — *Jeune Bouquetière.*

Dessin à la sanguine.

Haut., 22 cent.; larg., 28 cent.

LARGILLIÈRE

(École de)

123 — *Portrait de Femme.*

En buste presque de face, coiffure haute avec boucles de cheveux retombant sur les épaules, corsage en velours avec broderies d'or sur chemise ornée de dentelles.

Toile. Haut., 73 cent.; larg., 58 cent.

PANINI

124 — *Quatre compositions décoratives, personnages et architectures.*

Quatre dessins, plume et sépia, rehaussés de blanc.

ROBERT
(HUBERT)

200 — Lasquin

125 — *Moulin à eau.*

Dessin à la sanguine.

Haut., 36 cent. larg., 29 cent.

126 — Un lot dessins anciens et gravures.

PORCELAINES, BRONZES

MEUBLES, OBJETS DIVERS

127 — Deux grands vases en porcelaine de Chine laquée, à décor de fleurs. Socles en bois noir.

Haut., 1 mètre.

128 — Grande potiche en ancienne porcelaine du Japon, décorée de fleurs en couleur et dorure. Monture en bronze ciselé de style Louis XV.

129 — Paire de petites potiches en ancienne porcelaine du Japon, avec paroi en partie ajourée, à décor de fleurs en couleur.

130 — Paire de vases en porcelaine de Chine, à fond bleu, rehaussé de dorure; montures de style Louis XV en bronze ciselé, à anses, collerettes, bouton et base.

131 — Buire à anse en ancienne porcelaine de Chine, à décor bleu; couvercle en métal.

132 — Soupière, de forme rectangulaire, avec couvercle et plateau, en ancienne porcelaine de la Compagnie des Indes, à décor de fleurs.

133 — Petite corbeille ronde, ajourée et imitant la vannerie, en ancienne porcelaine de Saxe, à fleurettes en relief et en couleurs, anses en branchages, décorés au naturel.

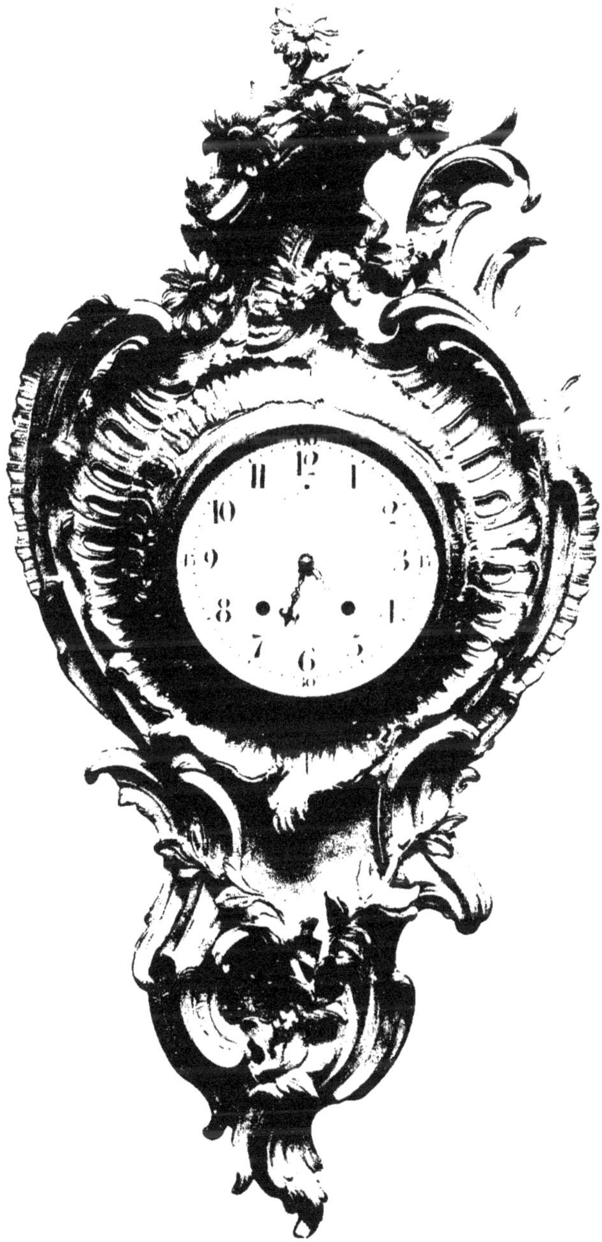

N° 139

134 — Grand vase en porcelaine, à fond gros-bleu de roi, décoré de réserves avec sujets en grisaille : fleurs et figures et rehauts de dorure.

135 — Paire de petits vases en porcelaine émaillée gros-bleu de roi. Ils sont montés en bronze ciselé et doré, à motifs de rocailles et feuillages de style Louis XV.

136 — Médaillon en émail, par *Mathieu* : Portrait de Louis XV en cuirasse, avec manteau d'hermine. Cadre en bronze ciselé et doré. Époque Louis XV.

137 — Terre cuite du XVIIIe siècle, représentant la Clairon sur un char traîné par des dragons. Rôle de Médée.

138 — Cadre de l'époque Louis XV en bois sculpté doré.

Haut., 63 cent.; larg., 50 cent.

139 — Grand cartel-applique, de *Caffieri*, en bronze ciselé et doré, formé d'un riche et puissant enlacement de branches de laurier et de larges rinceaux, et couronné de fleurs. Le cadran est signé : *J. Leroy, à Paris*. Superbe modèle d'un grand effet décoratif.

Haut., 1 m. 16 cent.; larg., 58 cent.

(*Vente San Donato, 1880, n° 52*).

140 — Baromètre, du temps de Louis XV, en bois de rose, contourné par des ornements, composé

de feuilles d'eau et de nervures en bronze ciselé et doré. La partie supérieure contient un thermomètre.

Haut., 1 m. 15 cent.; larg., 33 cent.

(*Vente San Donato, 1880, n° 1559*).

141 — Pendule, de la fin du XVIIIe siècle, en marbre noir, ornée de bronzes ciselés et dorés.

142 — Paire de bouts de table, de style Louis XVI, en bronze ciselé et doré, avec bouquets de rinceaux agrémentés de pièces d'enfilage, rosaces et pendeloques en cristal de roche.

143 — Grand miroir avec fronton, orné de cuivres à motifs de rinceaux et figures.

144 — Meuble-cabinet, ouvrant à portes et tiroirs, en ébène sculpté, à bas-reliefs de rinceaux et figures. Intérieur formant perspective, avec glaces et peintures, paysages masquant de petits tiroirs. Il repose sur une console à colonnes. XVIIe siècle.

145 — Commode, du temps de Louis XVI, à trois rangs de tiroirs, en acajou mouluré. Elle est ornée de motifs en bronze ciselé et doré. Dessus de marbre brèche.

146 — Table de milieu, de style Louis XVI, en bois sculpté, à quatre pieds formés de cariatides de femmes se terminant en gaine, avec entrejambe, à vase fleuri; la ceinture est ornée de guir-

landes, rubans et rosaces ajourées. Dessus avec tablette de marbre encastré.

147 — Deux colonnes en granit rose d'Ecosse, avec base et chapiteau d'ordre ionique, en bronze ciselé et doré.

Haut., 1 m. 70 cent.

Elles supportent :

148 — Deux beaux vases en porphyre, avec couvercle et piédouche, et sont ornés d'une riche monture de style Louis XVI, avec deux anses à mascarons, culot de feuilles et tore de laurier, en bronze ciselé et doré.

Haut., 75 cent.

www.ingramcontent.com/pod-product-compliance
Ingram Content Group UK Ltd.
Pitfield, Milton Keynes, MK11 3LW, UK
UKHW031950260826
14628UKWH00004B/1964

9 782329 458076